Pilotin

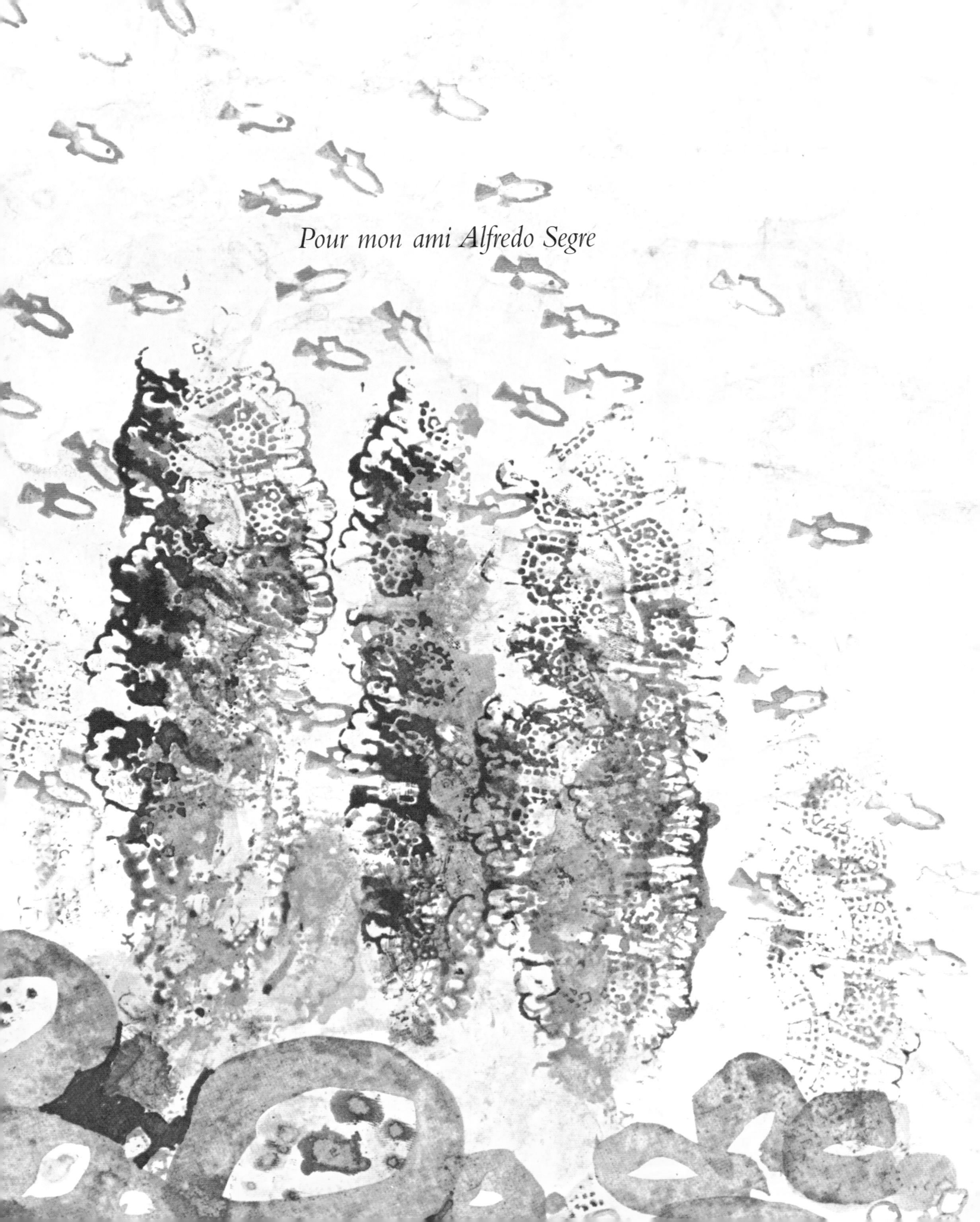

Pour mon ami Alfredo Segre

Leo Lionni

Pilotin

l'école des loisirs
11, rue de Sèvres, Paris 6e

Près d'une plage, dans la mer immense,
des milliers de petits poissons vivaient heureux.
Tous étaient rouges, sauf un
qui était aussi noir qu'une coquille de moule.
Il nageait plus vite que tous ses frères et sœurs :
on l'appelait Pilotin.

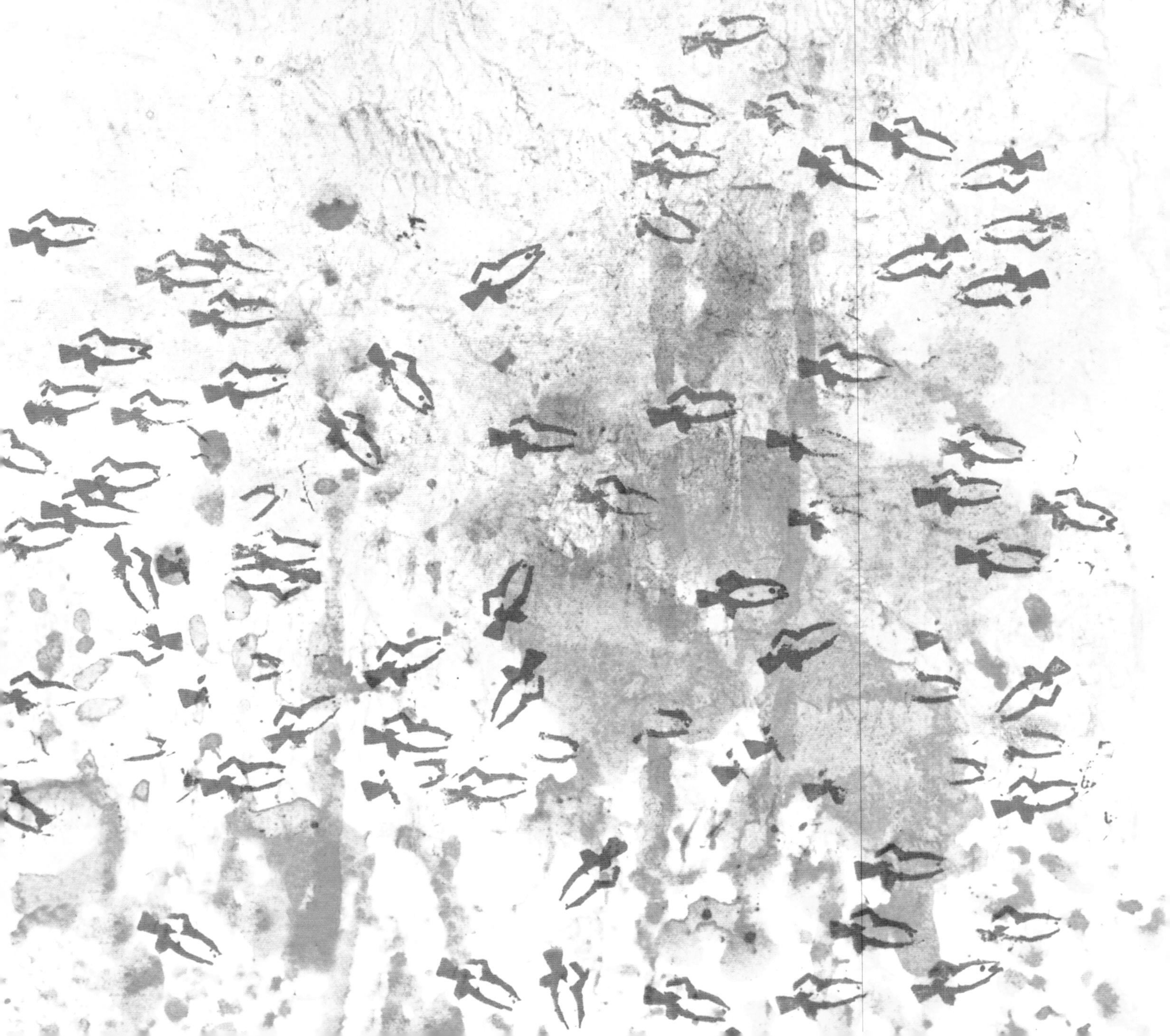

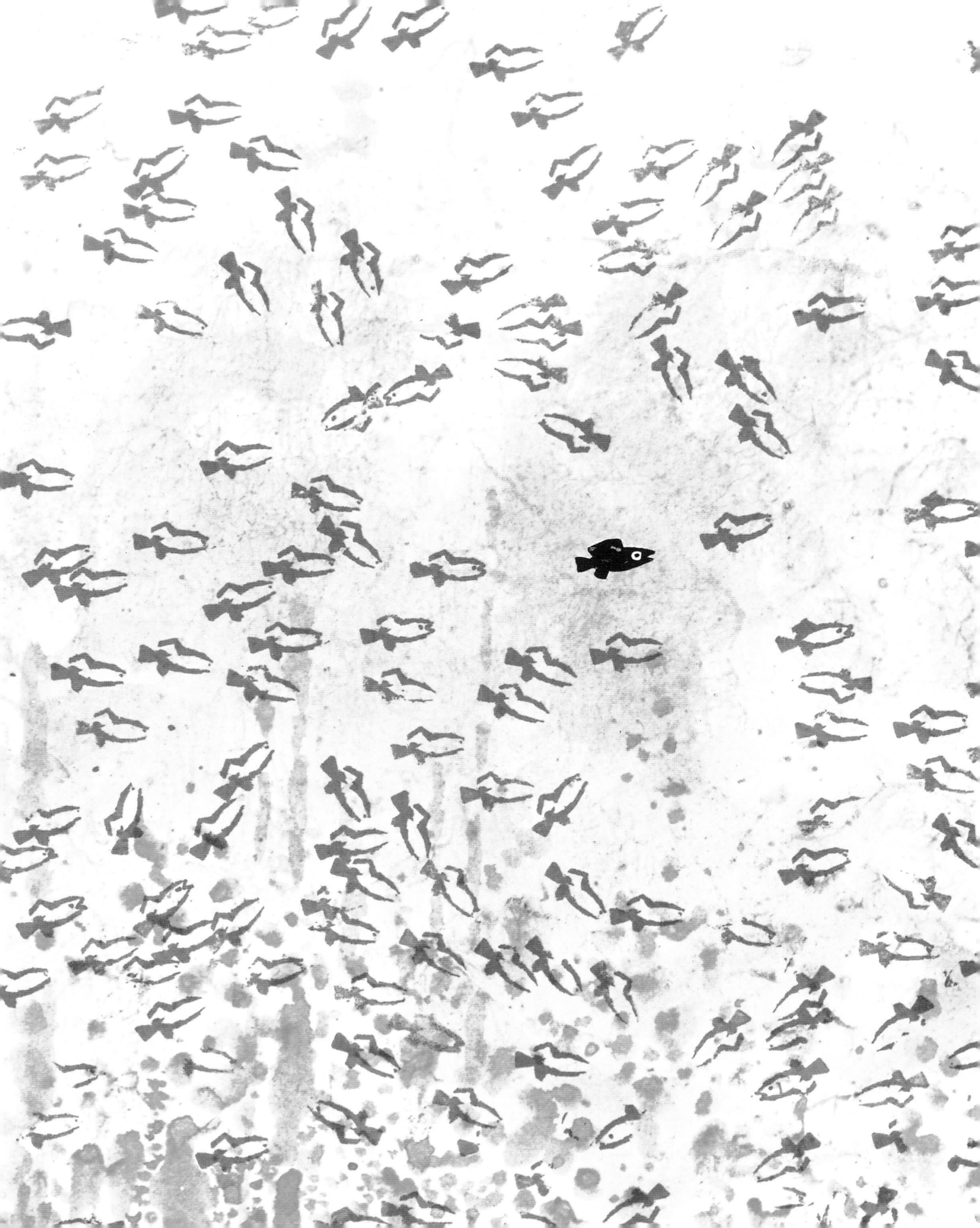

Mais voilà qu'un jour, un gros poisson féroce et affamé fonça sur eux comme une torpille.
Il ne fit qu'une bouchée de tous les petits poissons rouges.
Pilotin seul lui échappa.

Il s'enfuit dans les profondeurs de la mer.
Il était seul. Il était triste. Il avait peur.

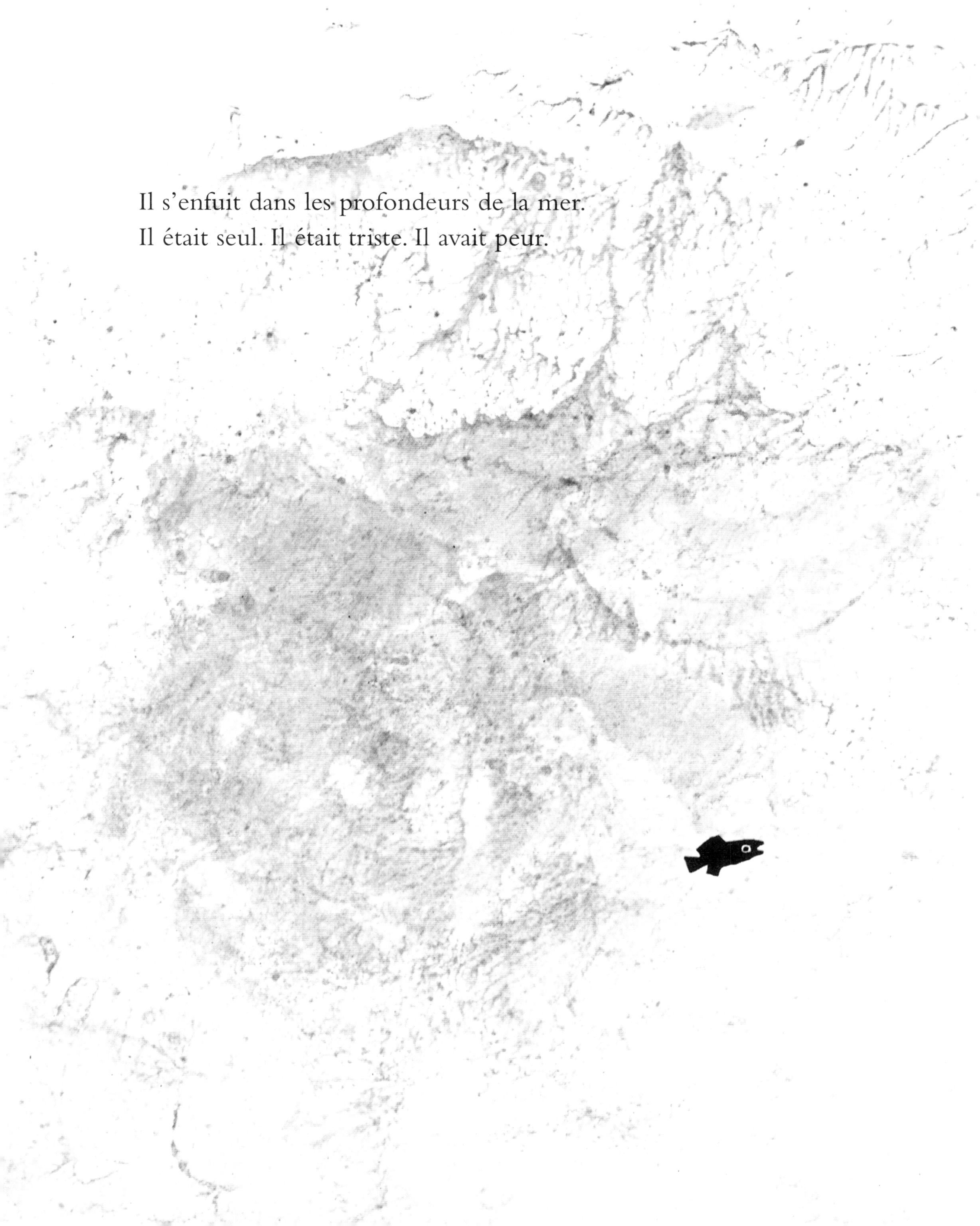

Mais il découvrit bientôt les mille merveilles qui peuplent la mer.
En allant de l'une à l'autre,
il reprit courage et se sentit moins malheureux.
Il vit une méduse belle comme une gelée d'arc-en-ciel…

un gros homard cuirassé comme un tank sous-marin…

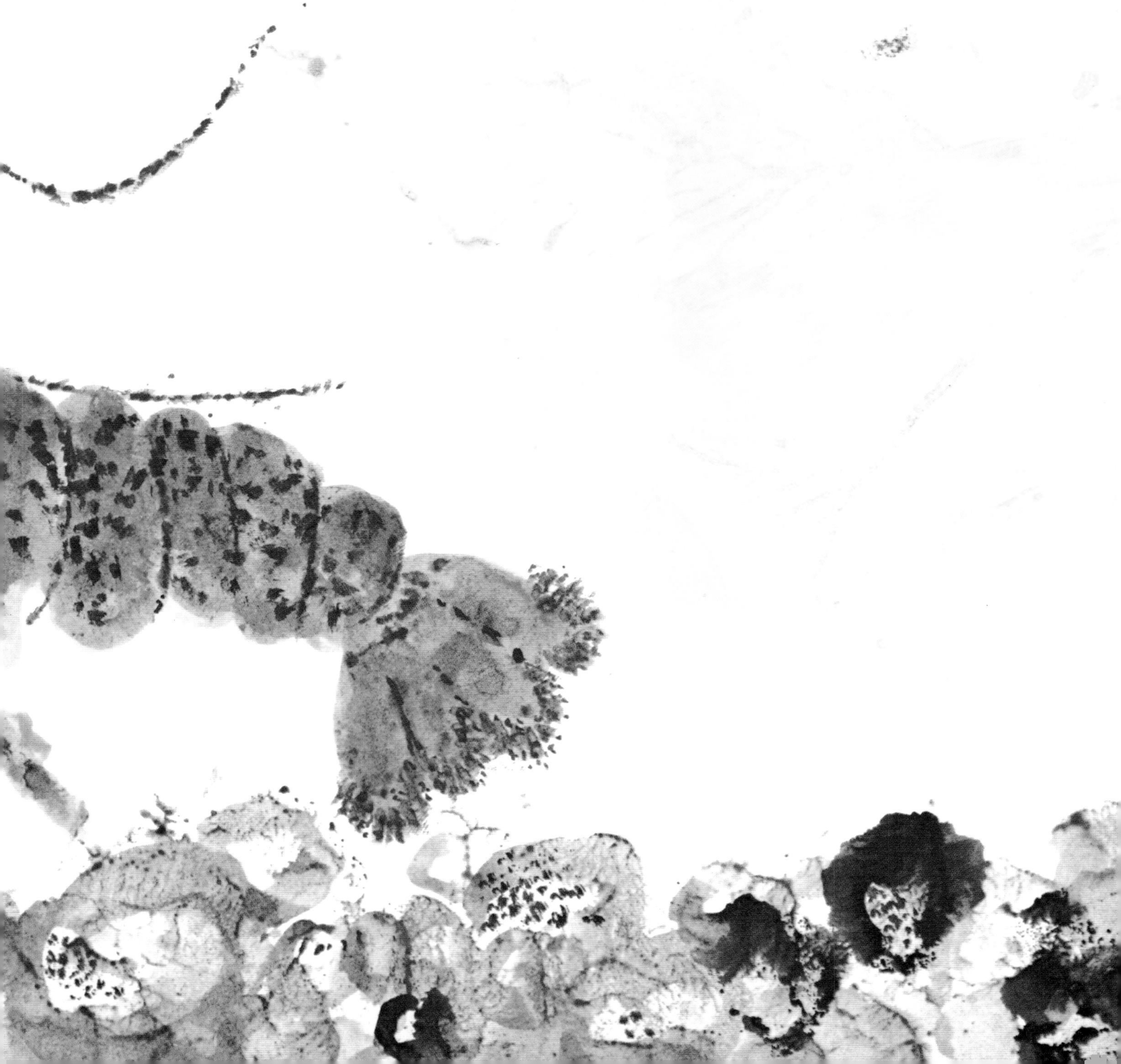

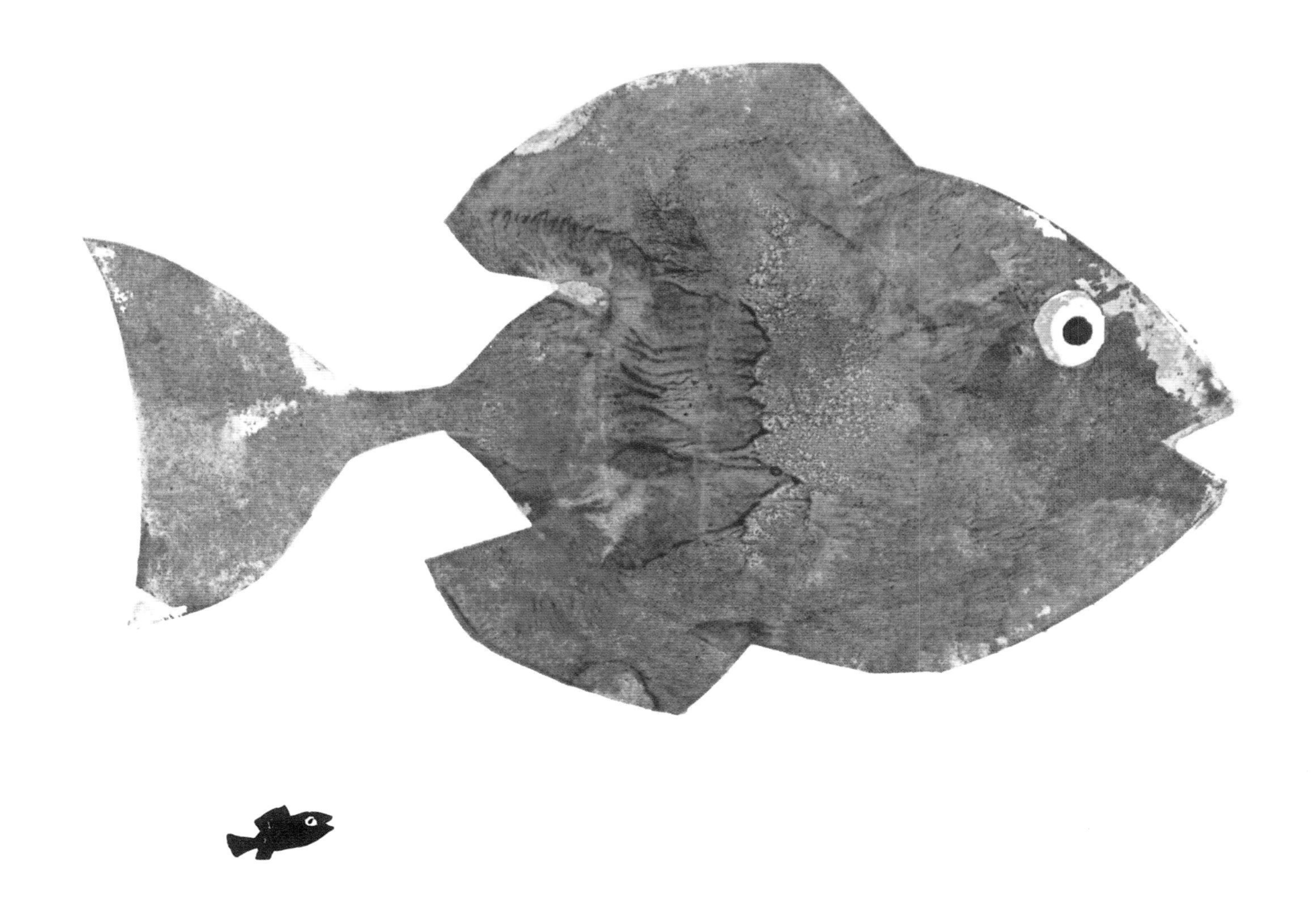

des poissons étranges, immobiles comme des statues…

sur des rochers, une forêt d'algues qu'on aurait cru en sucre d'orge…

une anguille si longue qu'elle en oubliait sa queue…

et des anémones de mer qui se balançaient doucement
comme des palmiers roses sous la brise.

Et puis, dans l'ombre épaisse des rochers et des algues,
il vit des milliers de petits poissons, rouges comme ses frères et sœurs.

« Venez ! » leur dit-il tout content.
« Venez nager, venez jouer avec moi.
Venez voir tout ce que j'ai vu … ! »
« Oh ! Non ! » répondirent les petits poissons rouges.
« Le grand poisson nous mangerait ! »
« Il faudrait pourtant vous sortir de là », dit Pilotin.
« Mais comment faire ? »

Pilotin réfléchit longtemps, longtemps…
Et soudain il s'écria : «J'ai trouvé !
Nageons ensemble, bien groupés.
Comme ça nous formerons le plus gros des poissons. »

Il leur montra alors comment nager en rangs serrés,
les uns tout près des autres,
en prenant ensemble l'aspect d'un gros poisson.

Quand ils eurent appris à nager à la manière d'un poisson géant,
Pilotin leur dit : « Moi je suis votre œil et je vous piloterai. »

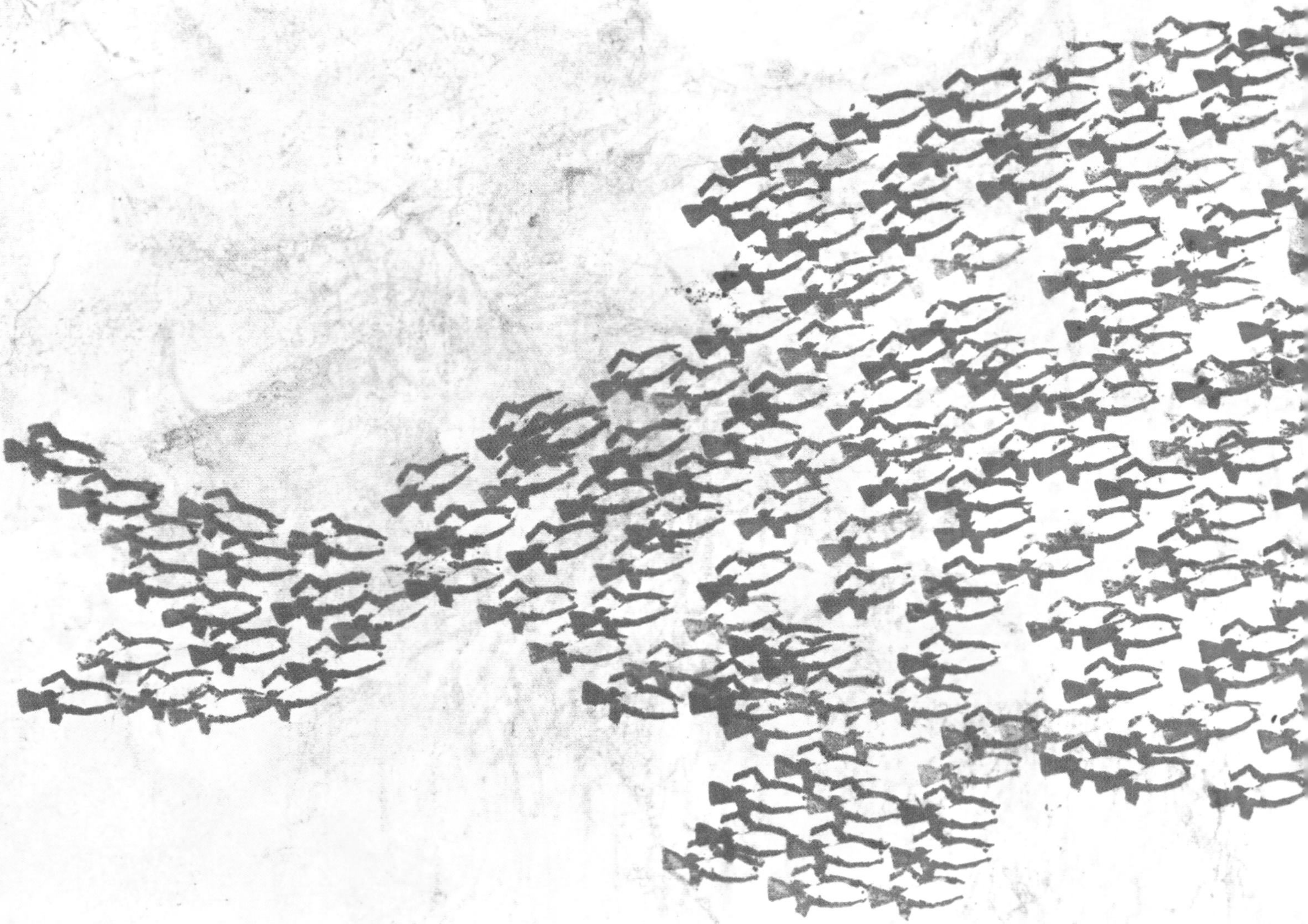

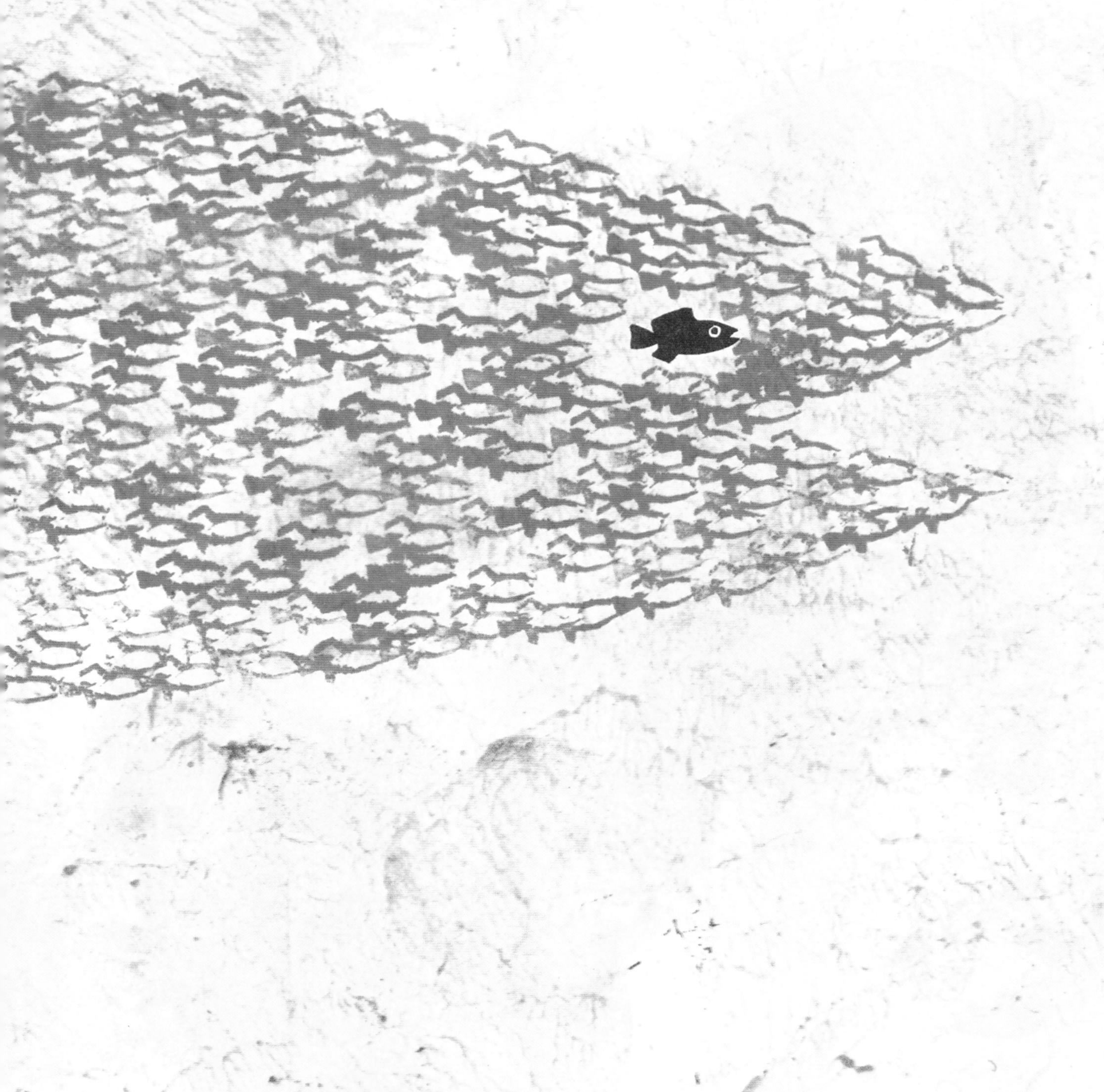

C’est ainsi qu’ils partirent ensemble à l’aventure,
dans l’eau fraîche des matins et sous les soleils de midi,
et qu’ils mirent en fuite tous les gros poissons.

Texte français : Adolphe Chagot

Titre original : « Swimmy » (Pantheon, New York, 1963)
Loi numéro 49 956 du 16 juillet 1949 sur les publications
destinées à la jeunesse : mars 1973
Dépôt légal : janvier 2013
Imprimé en France par Pollina à Luçon - L63640
ISBN : 978-2-211-02488-4